HÉSIODE ÉDITIONS

BALZAC

Madame Firmiani

Hésiode éditions

© Hésiode éditions.

1 rue Honoré - 93500 Pantin.
ISBN 978-2-38512-118-1
Dépôt légal : Novembre 2022

Impression Books on Demand GmbH

In de Tarpen 42
22848 Norderstedt, Allemagne

Madame Firmiani

Beaucoup de récits, riches de situations ou rendus dramatiques par les innombrables jets du hasard, emportent avec eux leurs propres artifices et peuvent être racontés artistement ou simplement par toutes les lèvres, sans que le sujet y perde la plus légère de ses beautés ; mais il est quelques aventures de la vie humaine auxquelles les accents du cœur seuls rendent la vie, il est certains détails pour ainsi dire anatomiques dont les fibres déliées ne reparaissent dans une action éteinte que sous les infusions les plus habiles de la pensée ; puis, il est des portraits qui veulent une âme et ne sont rien sans les traits les plus délicats de leur physionomie mobile ; enfin, il se rencontre de ces choses que nous ne savons dire ou faire sans je ne sais quelles harmonies inconnues auxquelles président un jour, une heure, une conjonction heureuse dans les signes célestes ou de secrètes prédispositions morales. Ces sortes de révélations mystérieuses étaient impérieusement exigées pour dire cette histoire simple à laquelle on voudrait pouvoir intéresser quelques-unes de ces âmes naturellement mélancoliques et songeuses qui se nourrissent d'émotions douces. Si l'écrivain, semblable à un chirurgien près d'un ami mourant, s'est pénétré d'une espèce de respect pour le sujet qu'il maniait, pourquoi le lecteur ne partagerait-il pas ce sentiment inexplicable ? Est-ce une chose difficile que de s'initier à cette vague et nerveuse tristesse qui, n'ayant point d'aliment, répand des teintes grises autour de nous, demi-maladie dont les molles souffrances plaisent parfois ? Si vous pensez par hasard aux personnes chères que vous avez perdues ; si vous êtes seul, s'il est nuit ou si le jour tombe, poursuivez la lecture de cette histoire ; autrement, vous jetteriez le livre, ici. Si vous n'avez pas enseveli déjà quelque bonne tante infirme ou sans fortune, vous ne comprendrez point ces pages. Aux uns, elles sembleront imprégnées de musc ; aux autres, elles paraîtront aussi décolorées, aussi vertueuses que peuvent l'être celles de Florian. Pour tout dire, le lecteur doit avoir connu la volupté des larmes, avoir senti la douleur muette d'un souvenir qui passe légèrement, chargé d'une ombre chère, mais d'une ombre lointaine ; il doit posséder quelques-uns de ces souvenirs qui font tout à la fois regretter ce que vous a dévoré la terre, et sourire d'un bonheur évanoui. Maintenant, croyez que, pour les richesses de l'Angleterre, l'auteur ne voudrait pas extorquer à la poésie un seul de ses mensonges pour embellir sa narration. Ceci est une histoire vraie et pour laquelle vous pouvez dépenser les trésors de votre sensibilité, si vous en avez.

Aujourd'hui, notre langue a autant d'idiomes qu'il existe de Variétés d'hommes dans la grande famille française. Aussi est-ce vraiment chose curieuse et agréable que d'écouter les différentes acceptions ou versions données sur une même chose ou sur un même événement par chacune des Espèces qui composent la monographie du Parisien, le Parisien étant pris pour généraliser la thèse.

Ainsi, vous eussiez demandé à un sujet appartenant au genre des Positifs : – Connaissez-vous madame Firmiani ? cet homme vous eût traduit madame Firmiani par l'inventaire suivant : – Un grand hôtel situé rue du Bac, des salons bien meublés, de beaux tableaux, cent bonnes mille livres de rente, et un mari, jadis receveur-général dans le département de Montenotte. Ayant dit, le Positif, homme gros et rond, presque toujours vêtu de noir, fait une petite grimace de satisfaction, relève sa lèvre inférieure en la fronçant de manière à couvrir la supérieure, et hoche la tête comme s'il ajoutait : Voilà des gens solides et sur lesquels il n'y a rien à dire. Ne lui demandez rien de plus ! Les Positifs expliquent tout par des chiffres, par des rentes ou par les biens au soleil, un mot de leur lexique.

Tournez à droite, allez interroger cet autre qui appartient au genre des Flâneurs, répétez-lui votre question : – Madame Firmiani ? dit-il, oui, oui, je la connais bien, je vais à ses soirées. Elle reçoit le mercredi ; c'est une maison fort honorable. Déjà, madame Firmiani se métamorphose en maison. Cette maison n'est plus un amas de pierres superposées architectoniquement ; non, ce mot est, dans la langue des Flâneurs, un idiotisme intraduisible. Ici, le Flâneur homme sec, à sourire agréable, disant de jolis riens, ayant toujours plus d'esprit acquis que d'esprit naturel, se penche à votre oreille, et d'un air fin, vous dit : – Je n'ai jamais vu monsieur

Firmiani. Sa position sociale consiste à gérer des biens en Italie ; mais madame Firmiani est Française, et dépense ses revenus en Parisienne. Elle a d'excellent thé ! C'est une des maisons aujourd'hui si rares où l'on s'amuse et où ce que l'on vous donne est exquis. Il est d'ailleurs fort difficile d'être admis chez elle. Aussi la meilleure société se trouve-t-elle dans ses salons ! Puis, le Flâneur commente ce dernier mot par une prise de tabac saisie gravement ; il se garnit le nez à petits coups, et semble vous dire : – Je vais dans cette maison, mais ne comptez pas sur moi pour vous y présenter.

Madame Firmiani tient pour les Flâneurs une espèce d'auberge sans enseigne.

– Que veux-tu donc aller faire chez madame Firmiani ? mais l'on s'y ennuie autant qu'à la cour. À quoi sert d'avoir de l'esprit, si ce n'est à éviter des salons où, par la poésie qui court, on lit la plus petite ballade fraîchement éclose ?

Vous avez questionné l'un de vos amis classé parmi les Personnels, gens qui voudraient tenir l'univers sous clef et n'y rien laisser faire sans leur permission. Ils sont malheureux de tout le bonheur des autres, ne pardonnent qu'aux vices, aux chutes, aux infirmités, et ne veulent que des protégés. Aristocrates par inclination, ils se font républicains par dépit, uniquement pour trouver beaucoup d'inférieurs parmi leurs égaux.

– Oh ! madame Firmiani, mon cher, est une de ces femmes adorables qui servent d'excuse à la nature pour toutes les laides qu'elle a créées par erreur ; elle est ravissante ! elle est bonne ! Je ne voudrais être au pouvoir, devenir roi, posséder des millions, que pour (ici trois mots dits à l'oreille). Veux-tu que je t'y présente ?…

Ce jeune homme est du genre Lycéen connu pour sa grande hardiesse entre hommes et sa grande timidité à huis-clos.

— Madame Firmiani ? s'écrie un autre en faisant tourner sa canne sur elle-même, je vais te dire ce que j'en pense : c'est une femme entre trente et trente-cinq ans, figure passée, beaux yeux, taille plate, voix de contr'alto usée, beaucoup de toilette, un peu de rouge, charmantes manières ; enfin, mon cher, les restes d'une jolie femme qui néanmoins valent encore la peine d'une passion.

Cette sentence est due à un sujet du genre Fat qui vient de déjeuner, ne pèse plus ses paroles et va monter à cheval. En ces moments, les Fats sont impitoyables.

— Il y a chez elle une galerie de tableaux magnifiques, allez la voir ! vous répond un autre. Rien n'est si beau !

Vous vous êtes adressé au genre Amateur. L'individu vous quitte pour aller chez Pérignon ou chez Tripet. Pour lui, madame Firmiani est une collection de toiles peintes.

UNE FEMME. — Madame Firmiani ? Je ne veux pas que vous alliez chez elle.

Cette phrase est la plus riche des traductions. Madame Firmiani ! femme dangereuse ! une sirène ! elle se met bien, elle a du goût, elle cause des insomnies à toutes les femmes. L'interlocutrice appartient au genre des Tracassiers.

UN ATTACHÉ D'AMBASSADE. — Madame Firmiani ! N'est-elle pas d'Anvers ? J'ai vu cette femme-là bien belle il y a dix ans. Elle était alors à Rome. Les sujets appartenant à la classe des Attachés ont la manie de dire des mots à la Talleyrand, leur esprit est souvent si fin, que leurs aperçus sont imperceptibles ; ils ressemblent à ces joueurs de billard qui évitent les billes avec une adresse infinie. Ces individus sont généralement peu parleurs ; mais quand ils parlent, ils ne s'occupent que de l'Espagne, de

Vienne, de l'Italie ou de Pétersbourg. Les noms de pays sont chez eux comme des ressorts ; pressez-les, la sonnerie vous dira tous ses airs.

– Cette madame Firmiani ne voit-elle pas beaucoup le faubourg Saint-Germain ? Ceci est dit par une personne qui veut appartenir au genre Distingué. Elle donne le de à tout le monde, à monsieur Dupin l'aîné, à monsieur Lafayette ; elle le jette à tort et à travers, elle en déshonore les gens. Elle passe sa vie à s'inquiéter de ce qui est bien ; mais, pour son supplice, elle demeure au Marais, et son mari a été avoué, mais avoué à la Cour royale.

– Madame Firmiani, monsieur ? je ne la connais pas. Cet homme appartient au genre des Ducs. Il n'avoue que les femmes présentées. Excusez-le, il a été fait duc par Napoléon.

– Madame Firmiani ? N'est-ce pas une ancienne actrice des Italiens ? Homme du genre Niais. Les individus de cette classe veulent avoir réponse à tout. Ils calomnient plutôt que de se taire.

DEUX VIEILLES DAMES (femmes d'anciens magistrats). LA PREMIERE. (Elle a un bonnet à coques, sa figure est ridée, son nez est pointu, elle tient un Paroissien, voix dure.) – Qu'est-elle en son nom, cette madame Firmiani ? LA SECONDE. (Petite figure rouge ressemblant à une vieille pomme d'api, voix douce.) – Une Cadignan, ma chère, nièce du vieux prince de Cadignan et cousine par conséquent du duc de Maufrigneuse.

Madame Firmiani est une Cadignan. Elle n'aurait ni vertus, ni fortune, ni jeunesse, ce serait toujours une Cadignan. Une Cadignan, c'est comme un préjugé, toujours riche et vivant.

UN ORIGINAL. – Mon cher, je n'ai jamais vu de socques dans son antichambre, tu peux aller chez elle sans te compromettre et y jouer sans crainte, parce que, s'il y a des fripons, ils sont gens de qualité ; partant, on ne s'y querelle pas.

VIEILLARD APPARTENANT AU GROUPE DES OBSERVATEURS. – Vous irez chez madame Firmiani, vous trouverez, mon cher, une belle femme nonchalamment assise au coin de sa cheminée. À peine se lèvera-t-elle de son fauteuil, elle ne le quitte que pour les femmes ou les ambassadeurs, les ducs, les gens considérables. Elle est fort gracieuse, elle charme, elle cause bien et veut causer de tout. Il y a chez elle tous les indices de la passion, mais on lui donne trop d'adorateurs pour qu'elle ait un favori. Si les soupçons ne planaient que sur deux ou trois de ses intimes, nous saurions quel est son cavalier servant ; mais c'est une femme tout mystère : elle est mariée, et jamais nous n'avons vu son mari ; monsieur Firmiani est un personnage tout à fait fantastique, il ressemble à ce troisième cheval que l'on paie toujours en courant la poste et qu'on n'aperçoit jamais ; madame, à entendre les artistes, est le premier contr'alto d'Europe et n'a pas chanté trois fois depuis qu'elle est à Paris ; elle reçoit beaucoup de monde et ne va chez personne.

L'Observateur parle en prophète. Il faut accepter ses paroles, ses anecdotes, ses citations comme des vérités, sous peine de passer pour un homme sans instruction, sans moyens. Il vous calomniera gaiement dans vingt salons où il est essentiel comme une première pièce sur l'affiche, ces pièces si souvent jouées pour les banquettes et qui ont eu du succès autrefois. L'Observateur a quarante ans, ne dîne jamais chez lui, se dit peu dangereux près des femmes ; il est poudré, porte un habit marron, a toujours une place dans plusieurs loges aux Bouffons ; il est quelquefois confondu parmi les Parasites, mais il a rempli de trop hautes fonctions pour être soupçonné d'être un pique-assiette et possède d'ailleurs une terre dans un département dont le nom ne lui est jamais échappé.

– Madame Firmiani ? Mais, mon cher, c'est une ancienne maîtresse de Murat ! Celui-ci est dans la classe des Contradicteurs. Ces sortes de gens font les errata de tous les mémoires, rectifient tous les faits, parient toujours cent contre un, sont sûrs de tout. Vous les surprenez dans la même soirée en flagrant délit d'ubiquité : ils disent avoir été arrêtés à Paris lors de la conspiration Mallet, en oubliant qu'ils venaient, une demi-heure auparavant, de passer la Bérésina. Presque tous les Contradicteurs sont chevaliers de la Légion-d'Honneur, parlent très-haut, ont un front fuyant et jouent gros jeu.

– Madame Firmiani, cent mille livres de rente ?... êtes-vous fou ! Vraiment, il y a des gens qui vous donnent des cent mille livres de rente avec la libéralité des auteurs auxquels cela ne coûte rien quand ils dotent leurs héroïnes. Mais madame Firmiani est une coquette qui dernièrement a ruiné un jeune homme et l'a empêché de faire un très-beau mariage. Si elle n'était pas belle, elle serait sans un sou.

Oh ! celui-ci, vous le reconnaissez, il est du genre des Envieux, et nous n'en dessinerons pas le moindre trait. L'espèce est aussi connue que peut l'être celle des felis domestiques. Comment expliquer la perpétuité de l'Envie ? un vice qui ne rapporte rien !

Les gens du monde, les gens de lettres, les honnêtes gens, et les gens de tout genre répandaient, au mois de janvier 1824, tant d'opinions différentes sur madame Firmiani qu'il serait fastidieux de les consigner toutes ici. Nous avons seulement voulu constater qu'un homme intéressé à la connaître, sans vouloir ou pouvoir aller chez elle, aurait eu raison de la croire également veuve ou mariée, sotte ou spirituelle, vertueuse ou sans mœurs, riche ou pauvre, sensible ou sans âme, belle ou laide ; il y avait enfin autant de madames Firmiani que de classes dans la société, que de sectes dans le catholicisme. Effrayante pensée ! nous sommes tous comme des planches lithographiques dont une infinité de copies se tire par la médisance. Ces épreuves ressemblent au modèle ou en diffèrent par des nuances tellement imperceptibles que la réputation dépend, sauf les calomnies de nos amis et les bons mots d'un journal, de la balance faite par chacun entre le Vrai qui va boitant et le Mensonge à qui l'esprit parisien donne des ailes.

Madame Firmiani, semblable à beaucoup de femmes pleines de noblesse et de fierté qui se font de leur cœur un sanctuaire et dédaignent le monde, aurait pu être très-mal jugée par monsieur de Bourbonne, vieux propriétaire occupé d'elle pendant l'hiver de cette année. Par hasard ce propriétaire appartenait à la classe des Planteurs de province, gens habitués à se rendre compte de tout et à faire des marchés avec les paysans. À ce métier, un homme devient perspicace malgré lui, comme un soldat contracte à la longue un courage de routine. Ce curieux, venu de Touraine, et que les idiomes parisiens ne satisfaisaient guère, était un gentilhomme très-honorable qui jouissait, pour seul et unique héritier, d'un neveu pour lequel il plantait ses peupliers. Cette amitié ultranaturelle motivait bien des médisances, que les sujets appartenant aux diverses espèces du Tourangeau formulaient très-spirituellement ; mais il est inutile de les rapporter, elles pâliraient auprès des médisances parisiennes. Quand un homme peut penser sans déplaisir à son héritier en voyant tous les jours de belles rangées de peupliers s'embellir, l'affection s'accroît de chaque coup de bêche qu'il donne au pied de ses arbres. Quoique ce phénomène de sensibilité soit peu commun, il se rencontre encore en Touraine.

Ce neveu chéri, qui se nommait Octave de Camps, descendait du fameux abbé de Camps, si connu des bibliophiles ou des savants, ce qui n'est pas la même chose. Les gens de province ont la mauvaise habitude de frapper d'une espèce de réprobation décente les jeunes gens qui vendent leurs héritages. Ce gothique préjugé nuit à l'agiotage que jusqu'à présent le gouvernement encourage par nécessité. Sans consulter son oncle, Octave avait à l'improviste disposé d'une terre en faveur de la bande noire. Le château de Villaines eût été démoli sans les propositions que le vieil oncle avait faites aux représentants de la compagnie du Marteau. Pour augmenter la colère du testateur, un ami d'Octave, parent éloigné, un de ces cousins à petite fortune et à grande habileté qui font dire d'eux par les gens prudents de leur province : – Je ne voudrais pas avoir de procès avec lui ! était venu par hasard chez monsieur de Bourbonne et lui avait appris la ruine de son neveu. Monsieur Octave de Camps, après avoir dissipé sa fortune pour une certaine madame Firmiani, était réduit à se faire répétiteur de mathématiques, en attendant l'héritage de son oncle, auquel il n'osait venir avouer ses fautes. Cet arrière-cousin, espèce de Charles Moor, n'avait pas eu honte de donner ces fatales nouvelles au vieux campagnard au moment où il digérait, devant son large foyer, un copieux dîner de province. Mais les héritiers ne viennent pas à bout d'un oncle aussi facilement qu'ils le voudraient. Grâce à son entêtement, celui-ci qui refusait de croire en l'arrière-cousin, sortit vainqueur de l'indigestion causée par la biographie de son neveu. Certains coups portent sur le cœur, d'autres sur la tête : le coup porté par l'arrière-cousin tomba sur les entrailles et produisit peu d'effet, parce que le bonhomme avait un excellent estomac. En vrai disciple de saint Thomas, monsieur de Bourbonne vint à Paris à l'insu d'Octave, et voulut prendre des renseignements sur la déconfiture de son héritier. Le vieux gentilhomme, qui avait des relations dans le faubourg Saint-Germain par les Listomère, les Lenoncourt et les Vandenesse, entendit tant de médisances, de vérités, de faussetés sur madame Firmiani qu'il résolut de se faire présenter chez elle sous le nom de monsieur de Rouxellay, nom de sa terre. Le prudent vieillard avait eu soin de choisir, pour venir étudier la prétendue maîtresse d'Octave, une soirée pendant laquelle il le savait occupé d'achever un travail chèrement payé ; car l'ami de madame Firmiani était toujours reçu chez elle, circonstance que personne ne pouvait expliquer. Quant à la ruine d'Octave, ce n'était malheureusement pas une fable.

Monsieur de Rouxellay ne ressemblait point à un oncle du Gymnase. Ancien mousquetaire, homme de haute compagnie qui avait eu jadis des bonnes fortunes, il savait se présenter courtoisement, se souvenait des manières polies d'autrefois, disait des mots gracieux et comprenait presque toute la Charte. Quoiqu'il aimât les Bourbons avec une noble franchise, qu'il crût en Dieu comme y croient les gentilshommes et qu'il ne lût que la Quotidienne, il n'était pas aussi ridicule que les libéraux de son département le souhaitaient. Il pouvait tenir sa place près des gens de cour, pourvu qu'on ne lui parlât point de Mosè, ni de drame, ni de romantisme, ni de couleur locale, ni de chemins de fer. Il en était resté à monsieur de Voltaire, à monsieur le comte de Buffon, à Peyronnet et au chevalier Gluck, le musicien du coin de la reine.

— Madame, dit-il à la marquise de Listomère à laquelle il donnait le bras en entrant chez madame Firmiani, si cette femme est la maîtresse de mon neveu, je le plains. Comment peut-elle vivre au sein du luxe en le sachant dans un grenier ? Elle n'a donc pas d'âme ? Octave est un fou d'avoir placé le prix de la terre de Villaines dans le cœur d'une…

Monsieur de Bourbonne appartenait au genre Fossile, et ne connaissait que le langage du vieux temps.

— Mais s'il l'avait perdue au jeu ?

— Eh, madame, au moins il aurait eu le plaisir de jouer.

— Vous croyez donc qu'il n'a pas eu de plaisir ? Tenez, voyez madame Firmiani.

Les plus beaux souvenirs du vieil oncle pâlirent à l'aspect de la prétendue maîtresse de son neveu. Sa colère expira dans une phrase gracieuse qui lui fut arrachée à l'aspect de madame Firmiani. Par un de ces hasards qui n'arrivent qu'aux jolies femmes, elle était dans un moment où toutes ses beautés brillaient d'un éclat particulier, dû peut-être à la lueur des bougies, à une toilette admirablement simple, à je ne sais quel reflet de l'élégance au sein de laquelle elle vivait. Il faut avoir étudié les petites révolutions d'une soirée dans un salon de Paris pour apprécier les nuances imperceptibles qui peuvent colorer un visage de femme et le changer. Il est un moment où, contente de sa parure, où se trouvant spirituelle, heureuse d'être admirée en se voyant la reine d'un salon plein d'hommes remarquables qui lui sourient, une Parisienne a la conscience de sa beauté, de sa grâce ; elle s'embellit alors de tous les regards qu'elle recueille et qui l'animent, mais dont les muets hommages sont reportés par de fins regards au bien-aimé. En ce moment, une femme est comme investie d'un pouvoir surnaturel et devient magicienne, coquette à son insu, elle inspire involontairement l'amour qui l'enivre en secret, elle a des sourires et des regards qui fascinent. Si cet état, venu de l'âme, donne de l'attrait même aux laides, de quelle splendeur ne revêt-il pas une femme nativement élégante, aux formes distinguées, blanche, fraîche, aux yeux vifs, et surtout mise avec un goût avoué des artistes et de ses plus cruelles rivales !

Avez-vous, pour votre bonheur, rencontré quelque personne dont la voix harmonieuse imprime à la parole un charme également répandu dans ses manières, qui sait et parler et se taire, qui s'occupe de vous avec délicatesse, dont les mots sont heureusement choisis, ou dont le langage est pur ? Sa raillerie caresse et sa critique ne blesse point. Elle ne disserte pas plus qu'elle ne dispute, mais elle se plaît à conduire une discussion, et l'arrête à propos. Son air est affable et riant, sa politesse n'a rien de forcé, son empressement n'est pas servile ; elle réduit le respect à n'être plus qu'une ombre douce ; elle ne vous fatigue jamais, et vous laisse satisfait d'elle et de vous. Sa bonne grâce, vous la retrouvez empreinte dans les choses desquelles elle s'environne. Chez elle, tout flatte la vue, et vous y respirez comme l'air d'une patrie. Cette femme est naturelle. En elle, jamais d'effort, elle n'affiche rien, ses sentiments sont simplement rendus, parce qu'ils sont vrais. Franche, elle sait n'offenser aucun amour-propre ; elle accepte les hommes comme Dieu les a faits, plaignant les gens vicieux, pardonnant aux défauts et aux ridicules, concevant tous les âges, et ne s'irritant de rien, parce qu'elle a le tact de tout prévoir. À la fois tendre et gaie, elle oblige avant de consoler. Vous l'aimez tant, que si cet ange fait une faute, vous vous sentez prêt à la justifier. Telle était madame Firmiani.

Lorsque le vieux Bourbonne eut causé pendant un quart d'heure avec cette femme, assis près d'elle, son neveu fut absous. Il comprit que, fausses ou vraies, les liaisons d'Octave et de madame Firmiani cachaient sans doute quelque mystère. Revenant aux illusions qui dorent les premiers jours de notre jeunesse, et jugeant du cœur de madame Firmiani par sa beauté, le vieux gentilhomme pensa qu'une femme aussi pénétrée de sa dignité qu'elle paraissait l'être était incapable d'une mauvaise action. Ses yeux noirs annonçaient tant de calme intérieur, les lignes de son visage étaient si nobles, les contours si purs, et la passion dont on l'accusait semblait lui peser si peu sur le cœur, que le vieillard se dit en admirant toutes les promesses faites à l'amour et à la vertu par cette adorable physionomie : – Mon neveu aura commis quelque sottise.

Madame Firmiani avouait vingt-cinq ans. Mais les Positifs prouvaient que, mariée en 1813, à l'âge de seize ans, elle devait avoir au moins vingt-huit ans en 1825. Néanmoins, les mêmes gens assuraient aussi qu'à aucune époque de sa vie elle n'avait été si désirable, ni si complètement femme. Elle était sans enfants, et n'en avait point eu ; le problématique Firmiani, quadragénaire très-respectable en 1813, n'avait pu, disait-on, lui offrir que son nom et sa fortune. Madame Firmiani atteignait donc à l'âge où la Parisienne conçoit le mieux une passion, et la désire peut-être innocemment à ses heures perdues ; elle avait acquis tout ce que le monde vend, tout ce qu'il prête, tout ce qu'il donne ; les Attachés d'ambassade prétendaient qu'elle n'ignorait rien, les Contradicteurs prétendaient qu'elle pouvait encore apprendre beaucoup de choses, les Observateurs lui trouvaient les mains bien blanches, le pied bien mignon, les mouvements un peu trop onduleux ; mais les individus de tous les Genres enviaient ou contestaient le bonheur d'Octave en convenant qu'elle était la femme le plus aristocratiquement belle de tout Paris. Jeune encore, riche, musicienne parfaite, spirituelle, délicate, reçue, en souvenir des Cadignan auxquels elle appartenait par sa mère, chez madame la princesse de Blamont-Chauvry, l'oracle du noble faubourg, aimée de ses rivales la duchesse de Maufrigneuse sa cousine, la marquise d'Espard, et madame de Macumer, elle flattait toutes les vanités qui alimentent ou qui excitent l'amour. Aussi était-elle désirée par trop de gens pour n'être pas victime de l'élégante médisance parisienne et des ravissantes calomnies qui se débitent si spirituellement sous l'éventail ou dans les à parte. Les observations par lesquelles cette histoire commence étaient donc nécessaires pour faire connaître la Firmiani du monde. Si quelques femmes lui pardonnaient son bonheur, d'autres ne lui faisaient pas grâce de sa décence ; or, rien n'est terrible, surtout à Paris, comme des soupçons sans fondement : il est impossible de les détruire. Cette esquisse d'une figure admirable de naturel n'en donnera jamais qu'une faible idée ; il faudrait le pinceau des Ingres pour rendre la fierté du front, la profusion des cheveux, la majesté du regard, toutes les pensées que faisaient supposer les couleurs particulières du teint. Il y avait tout dans cette femme : les poëtes pouvaient en faire à la fois Jeanne d'Arc ou Agnès Sorel ; mais il s'y trouvait aussi la femme inconnue, l'âme cachée sous cette enveloppe décevante, l'âme d'Ève, les richesses du mal et les trésors du bien, la faute et la résignation, le crime et le dévouement, Dona Julia et Haïdée du Don Juan de lord Byron.

L'ancien mousquetaire demeura fort impertinemment le dernier dans le salon de madame Firmiani, qui le trouva tranquillement assis dans un fauteuil, et restant devant elle avec l'importunité d'une mouche qu'il faut tuer pour s'en débarrasser. La pendule marquait deux heures après minuit.

– Madame, dit le vieux gentilhomme au moment où madame Firmiani se leva en espérant faire comprendre à son hôte que son bon plaisir était qu'il partît, madame, je suis l'oncle de monsieur Octave de Camps.

Madame Firmiani s'assit promptement et laissa voir son émotion. Malgré sa perspicacité, le planteur de peupliers ne devina pas si elle pâlissait et rougissait de honte ou de plaisir. Il est des plaisirs qui ne vont pas sans un peu de pudeur effarouchée, délicieuses émotions que le cœur le plus chaste voudrait toujours voiler. Plus une femme est délicate, plus elle veut cacher les joies de son âme. Beaucoup de femmes, inconcevables dans leurs divins caprices, souhaitent souvent entendre prononcer par tout le monde un nom que parfois elles désireraient ensevelir dans leur cœur. Le vieux Bourbonne n'interpréta pas tout à fait ainsi le trouble de madame Firmiani ; mais pardonnez-lui, le campagnard était défiant.

– Eh bien, monsieur ? lui dit madame Firmiani en lui jetant un de ces regards lucides et clairs où nous autres hommes nous ne pouvons jamais rien voir parce qu'ils nous interrogent un peu trop.

– Eh ! bien, madame, reprit le gentilhomme, savez-vous ce qu'on est venu me dire, à moi, au fond de ma province ? Mon neveu se serait ruiné pour vous, et le malheureux est dans un grenier tandis que vous vivez ici dans l'or et la soie. Vous me pardonnerez ma rustique franchise, car il est peut-être très-utile que vous soyez instruite des calomnies…

– Arrêtez, monsieur, dit madame Firmiani en interrompant le gentilhomme par un geste impératif, je sais tout cela. Vous êtes trop poli pour laisser la conversation sur ce sujet lorsque je vous aurai prié de quitter. Vous êtes trop galant (dans l'ancienne acception du mot, ajouta-t-elle en donnant un léger accent d'ironie à ses paroles) pour ne pas reconnaître que vous n'avez aucun droit à me questionner. Enfin, il est ridicule à moi de me justifier. J'espère que vous aurez une assez bonne opinion de mon caractère pour croire au profond mépris que l'argent m'inspire, quoique j'aie été mariée sans aucune espèce de fortune à un homme qui avait une immense fortune. J'ignore si monsieur votre neveu est riche ou pauvre ; si je l'ai reçu, si je le reçois, je le regarde comme digne d'être au milieu de mes amis. Tous mes amis, monsieur, ont du respect les uns pour les autres : ils savent que je n'ai pas la philosophie de voir les gens quand je ne les estime point ; peut-être est-ce manquer de charité ; mais mon ange gardien m'a maintenue jusqu'aujourd'hui dans une aversion profonde et des caquets et de l'improbité.

Quoique le timbre de la voix fût légèrement altéré pendant les premières phrases de cette réplique, les derniers mots en furent dits par madame Firmiani avec l'aplomb de Célimène raillant le Misanthrope.

– Madame, reprit le comte d'une voix émue, je suis un vieillard, je suis presque le père d'Octave, je vous demande donc, par avance, le plus humble des pardons pour la seule question que je vais avoir la hardiesse de vous adresser, et je vous donne ma parole de loyal gentilhomme que votre réponse mourra là, dit-il en mettant la main sur son cœur avec un mouvement véritablement religieux. La médisance a-t-elle raison, aimez-vous Octave ?

– Monsieur, dit-elle, à tout autre je ne répondrais que par un regard ; mais à vous, et parce que vous êtes presque le père de monsieur de Camps, je vous demanderai ce que vous penseriez d'une femme si, à votre question, elle disait : oui. Avouer son amour à celui que nous aimons, quand il nous aime… là… bien ; quand nous sommes certaines d'être toujours aimées, croyez-moi, monsieur, c'est un effort, une récompense, un bonheur ; mais à un autre !…

Madame Firmiani n'acheva pas, elle se leva, salua le bonhomme et disparut dans ses appartements, dont toutes les portes successivement ouvertes et fermées eurent un langage pour les oreilles du planteur de peupliers.

– Ah ! peste, se dit le vieillard, quelle femme ! c'est ou une rusée commère ou un ange. Et il gagna sa voiture de remise, dont les chevaux donnaient de temps en temps des coups de pied au pavé de la cour silencieuse. Le cocher dormait, après avoir cent fois maudit sa pratique.

Le lendemain matin, vers huit heures, le vieux gentilhomme montait l'escalier d'une maison située rue de l'Observance où demeurait Octave de Camps. S'il y eut au monde un homme étonné, ce fut certes le jeune professeur en voyant son oncle : la clef était sur la porte, la lampe d'Octave brûlait encore, il avait passé la nuit.

– Monsieur le drôle, dit monsieur de Bourbonne en s'asseyant sur un fauteuil, depuis quand se rit-on (style chaste) des oncles qui ont vingt-six mille livres de rentes en bonnes terres de Touraine, lorsqu'on est leur seul héritier ? Savez-vous que jadis nous respections ces parents-là ? Voyons, as-tu quelques reproches à m'adresser ? ai-je mal fait mon métier d'oncle, t'ai-je demandé du respect, t'ai-je refusé de l'argent, t'ai-je fermé la porte au nez en prétendant que tu venais voir comment je me portais ; n'as-tu pas l'oncle le plus commode, le moins assujettissant qu'il y ait en France ? je ne dis pas en Europe, ce serait trop prétentieux. Tu m'écris ou tu ne m'écris pas, je vis sur l'affection jurée, et t'arrange la plus jolie terre du pays, un bien qui fait l'envie de tout le département ; mais je ne veux te la laisser néanmoins que le plus tard possible. Cette velléité n'est-elle pas excessivement excusable ? Et monsieur vend son bien, se loge comme un laquais, et n'a plus ni gens ni train…

– Mon oncle…

– Il ne s'agit pas de l'oncle, mais du neveu. J'ai droit à ta confiance : ainsi confesse-toi promptement, c'est plus facile, je sais cela par expérience. As-tu joué, as-tu perdu à la Bourse ? Allons, dis-moi : « Mon oncle, je suis un misérable ! » et je t'embrasse. Mais si tu me fais un mensonge plus gros que ceux que j'ai faits à ton âge, je vends mon bien, je le mets en viager, et reprendrai mes mauvaises habitudes de jeunesse, si c'est encore possible.

– Mon oncle…

– J'ai vu hier ta madame Firmiani, dit l'oncle en baisant le bout de ses doigts qu'il ramassa en faisceau. Elle est charmante, ajouta-t-il. Tu as l'approbation et le privilége du roi, et l'agrément de ton oncle, si cela peut te faire plaisir. Quant à la sanction de l'Église, elle est inutile, je crois, les sacrements sont sans doute trop chers ! Allons, parle, est-ce pour elle que tu t'es ruiné ?

– Oui, mon oncle.

– Ah ! la coquine, je l'aurais parié. De mon temps, les femmes de la cour étaient plus habiles à ruiner un homme que ne peuvent l'être vos courtisanes d'aujourd'hui. J'ai reconnu, en elle, le siècle passé rajeuni.

– Mon oncle, reprit Octave d'un air tout à la fois triste et doux, vous vous méprenez : madame Firmiani mérite votre estime et toutes les adorations de ses admirateurs.

– La pauvre jeunesse sera donc toujours la même, dit monsieur de Bourbonne. Allons ; va ton train, rabâche-moi de vieilles histoires. Cependant tu dois savoir que je ne suis pas d'hier dans la galanterie.

– Mon bon oncle, voici une lettre qui vous dira tout, répondit Octave en tirant un élégant portefeuille, donné sans doute par elle ; quand vous l'aurez lue, j'achèverai de vous instruire, et vous connaîtrez une madame Firmiani inconnue au monde.

– Je n'ai pas mes lunettes, dit l'oncle, lis-la moi.

Octave commença ainsi : « Mon ami chéri…

– Tu es donc bien lié avec cette femme-là ?

– Mais, oui, mon oncle.

– Et vous n'êtes pas brouillés ?

– Brouillés !… répéta Octave tout étonné. Nous sommes mariés à Greatna-Green.

– Hé bien, reprit monsieur de Bourbonne, pourquoi dînes-tu donc à quarante sous ?

– Laissez-moi continuer.

– C'est juste, j'écoute.

Octave reprit la lettre, et n'en lut pas certains passages sans de profondes émotions.

« Mon époux aimé, tu m'as demandé raison de ma tristesse ; a-t-elle donc passé de mon âme sur mon visage, ou l'as-tu seulement devinée ? et pourquoi n'en serait-il pas ainsi ? nous sommes si bien unis de cœur ! D'ailleurs, je ne sais pas mentir, et peut-être est-ce un malheur ? Une des conditions de la femme aimée est d'être toujours caressante et gaie. Peut-être devrais-je te tromper ; mais je ne le voudrais pas, quand même il s'agirait d'augmenter ou de conserver le bonheur que tu me donnes, que tu me prodigues, dont tu m'accables. Oh ! cher, combien de reconnaissance comporte mon amour ! Aussi veux-je t'aimer toujours, sans bornes. Oui, je veux toujours être fière de toi. Notre gloire, à nous, est toute dans celui que nous aimons. Estime, considération, honneur, tout n'est-il pas à celui qui a tout pris ! Eh bien ! mon ange a failli. Oui, cher, ta dernière confidence a terni ma félicité passée. Depuis ce moment, je me trouve humiliée en toi ; en toi que je regardais comme le plus pur des hommes, comme tu en es le plus aimant et le plus tendre. Il faut avoir bien confiance en ton cœur, encore enfant, pour te faire un aveu qui me coûte horriblement. Comment, pauvre ange, ton père a dérobé sa fortune, tu le sais, et tu la gardes ! Et tu m'as conté ce haut fait de procureur dans une chambre pleine des muets témoins de notre amour, et tu es gentilhomme, et tu te crois noble, et tu me possèdes, et tu as vingt-deux ans ! Combien de monstruosités ! Je t'ai cherché des excuses. J'ai attribué ton insouciance à ta jeunesse étourdie. Je sais qu'il y a beaucoup de l'enfant en toi. Peut-être n'as-tu pas encore pensé bien sérieusement à ce qui est fortune et probité. Oh ! combien ton rire m'a fait de mal ! Songe donc qu'il existe une famille ruinée, toujours en larmes, des jeunes personnes qui peut-être te maudissent tous les jours, un vieillard qui chaque soir se dit : Je ne serais pas sans pain si le père de monsieur de Camps n'avait pas été un malhonnête homme ! »

– Comment, s'écria monsieur de Bourbonne en interrompant, tu as eu la niaiserie de raconter à cette femme l'affaire de ton père avec les Bourgneuf ?… Les femmes s'entendent bien plus à manger une fortune qu'à la faire…

– Elles s'entendent en probité. Laissez-moi continuer, mon oncle.

« Octave, aucune puissance au monde n'a l'autorité de changer le langage de l'honneur. Retire-toi dans ta conscience, et demande-lui par quel mot nommer l'action à laquelle tu dois ton or. »

Et le neveu regarda l'oncle qui baissa la tête.

« Je ne te dirai pas toutes les pensées qui m'assiégent, elles peuvent se réduire toutes à une seule, et la voici : je ne puis pas estimer un homme qui se salit sciemment pour une somme d'argent quelle qu'elle soit. Cent sous volés au jeu, ou six fois cent mille francs dus à une tromperie légale, déshonorent également un homme. Je veux tout te dire : je me regarde comme entachée par un amour qui naguère faisait tout mon bonheur. Il s'élève au fond de mon âme une voix que ma tendresse ne peut pas étouffer. Ah ! J'ai pleuré d'avoir plus de conscience que d'amour. Tu pourrais commettre un crime, je te cacherais à la justice humaine dans mon sein, si je le pouvais ; mais mon dévouement n'irait que jusque-là. L'amour, mon ange, est, chez une femme, la confiance la plus illimitée, unie à je ne sais quel besoin de vénérer, d'adorer l'être auquel elle appartient. Je n'ai jamais conçu l'amour que comme un feu auquel s'épuraient encore les plus nobles sentiments, un feu qui les développait tous. Je n'ai plus qu'une seule chose à te dire : viens à moi pauvre, mon amour redoublera si cela se peut ; sinon, renonce à moi. Si je ne te vois plus, je sais ce qui me reste à faire. Maintenant, je ne veux pas, entends-moi bien, que tu restitues parce que je te le conseille. Consulte bien ta conscience. Il ne faut pas que cet acte de justice soit un sacrifice fait à l'amour. Je suis ta femme, et non ta maîtresse ; il s'agit moins de me plaire que de m'inspirer pour toi la plus profonde estime. Si je me trompe, si tu m'as mal expliqué l'action de ton père ; enfin, pour peu que tu croies ta fortune légitime (oh ! je voudrais me persuader que tu ne mérites aucun blâme !), décide en écoutant la voix de ta conscience, agis bien par toi-même. Un homme qui aime sincèrement, comme tu m'aimes, respecte trop tout ce que sa femme met en lui de sainteté pour être improbe. Je me reproche maintenant tout ce que je viens d'écrire. Un mot suffisait peut-être, et mon instinct de prêcheuse m'a emportée. Aussi voudrais-je être grondée, pas trop fort, mais un peu. Cher, entre nous deux, n'es-tu pas le pouvoir ? tu dois seul apercevoir tes fautes. Eh ! bien, mon maître, diriez-vous que je ne comprends rien aux discussions politiques ? »

– Eh ! bien, mon oncle, dit Octave dont les yeux étaient pleins de larmes.

– Mais je vois encore de l'écriture, achève donc.

– Oh ! maintenant, il n'y a plus que de ces choses qui ne doivent être lues que par un amant.

– Bien ! dit le vieillard, bien, mon enfant. J'ai eu beaucoup de bonnes fortunes ; mais je te prie de croire que j'ai aussi aimé, et ego in Arcadiâ. Seulement, je ne conçois pas pourquoi tu donnes des leçons de mathématiques.

– Mon cher oncle, je suis votre neveu ; n'est-ce pas vous dire, en deux mots, que j'avais bien un peu entamé le capital laissé par mon père ? Après avoir lu cette lettre, il s'est fait en moi toute une révolution, et j'ai payé en un moment l'arriéré de mes remords. Je ne pourrai jamais vous peindre l'état dans lequel j'étais. En conduisant mon cabriolet au bois, une voix me criait : « Ce cheval est-il à toi ? » En mangeant, je me disais : « N'est-ce pas un dîner volé ? » J'avais honte de moi-même. Plus jeune était ma probité, plus elle était ardente. D'abord, j'ai couru chez madame Firmiani. Ô Dieu ! mon oncle, ce jour-là j'ai eu des plaisirs de cœur, des voluptés d'âme qui valaient des millions. J'ai fait avec elle le compte de ce que je devais à la famille Bourgneuf, et je me suis condamné moi-même à lui payer trois pour cent d'intérêt contre l'avis de madame Firmiani ; mais toute ma fortune ne pouvait suffire à solder la somme. Nous étions alors l'un l'autre assez amants, assez époux, elle pour m'offrir, moi pour accepter ses économies…

— Comment, outre ses vertus, cette femme adorable fait des économies ? s'écria l'oncle.

— Ne vous moquez pas d'elle, mon oncle. Sa position l'oblige à bien des ménagements. Son mari partit en 1820 pour la Grèce, où il est mort depuis trois ans ; jusqu'à ce jour, il a été impossible d'avoir la preuve légale de sa mort, et de se procurer le testament qu'il a dû faire en faveur de sa femme, pièce importante qui a été prise, perdue ou égarée dans un pays où les actes de l'état civil ne sont pas tenus comme en France, et où il n'y a pas de consul. Ignorant si un jour elle ne sera pas forcée de compter avec des héritiers malveillants, elle est obligée d'avoir un ordre extrême, car elle veut pouvoir laisser son opulence comme Châteaubriand vient de quitter le ministère. Or, je veux acquérir une fortune qui soit mienne, afin de rendre son opulence à ma femme, si elle était ruinée.

— Et tu ne m'as pas dit cela, et n'es pas venu à moi ?… Oh ! mon neveu, songe donc que je t'aime assez pour te payer de bonnes dettes, des dettes de gentilhomme. Je suis un oncle à dénoûment, je me vengerai.

— Mon oncle, je connais vos vengeances, mais laissez-moi m'enrichir par ma propre industrie. Si vous voulez m'obliger, faites-moi seulement mille écus de pension jusqu'à ce que j'aie besoin de capitaux pour quelque entreprise. Tenez, en ce moment je suis tellement heureux, que ma seule affaire est de vivre. Je donne des leçons pour n'être à la charge de personne. Ah ! si vous saviez avec quel plaisir j'ai fait ma restitution ! Après quelques démarches, j'ai fini par trouver les Bourgneuf malheureux et privés de tout. Cette famille était à Saint-Germain dans une misérable maison. Le vieux père gérait un bureau de loterie, ses deux filles faisaient le ménage et tenaient les écritures. La mère était presque toujours malade. Les deux filles sont ravissantes, mais elles ont durement appris le peu de valeur que le monde accorde à la beauté sans fortune. Quel tableau ai-je été chercher là ! Si je suis entré le complice d'un crime, je suis sorti honnête homme, et j'ai lavé la mémoire de mon père. Oh ! mon oncle, je ne le juge point, il y a dans les procès un entraînement, une passion qui peuvent parfois abuser le plus honnête homme du monde. Les avocats savent légitimer les prétentions les plus absurdes, et les lois ont des syllogismes complaisants aux erreurs de la conscience. Mon aventure fut un vrai drame. Avoir été la Providence, avoir réalisé un de ces souhaits inutiles : « S'il nous tombait du ciel vingt mille livres de rente ! » ce vœu que nous formons tous en riant ; faire succéder à un regard plein d'imprécations un regard sublime de reconnaissance, d'étonnement, d'admiration ; jeter l'opulence au milieu d'une famille réunie le soir à la lueur d'une mauvaise lampe, devant un feu de tourbe… Non, la parole est au-dessous d'une telle scène. Mon extrême justice leur semblait injuste. Enfin, s'il y a un paradis, mon père doit y être heureux maintenant. Quant à moi, je suis aimé comme aucun homme ne l'a été. Madame Firmiani m'a donné plus que le bonheur, elle m'a doué d'une délicatesse qui me manquait peut-être. Aussi, la nommé-je ma chère conscience, un de ces mots d'amour qui répondent à certaines harmonies secrètes du cœur. La probité porte profit, j'ai l'espoir d'être bientôt riche par moi-même, je cherche en ce moment à résoudre un problème d'industrie, et si je réussis, je gagnerai des millions.

— Ô mon enfant, tu as l'âme de ta mère, dit le vieillard en retenant à peine les larmes qui humectaient ses yeux en pensant à sa sœur.

En ce moment, malgré la distance qu'il y avait entre le sol et l'appartement d'Octave de Camps, le jeune homme et son oncle entendirent le bruit fait par l'arrivée d'une voiture.

– C'est elle, dit-il, je reconnais ses chevaux à la manière dont ils arrêtent.

En effet, madame Firmiani ne tarda pas à se montrer.

– Ah ! dit-elle en faisant un mouvement de dépit à l'aspect de monsieur de Bourbonne. – Mais notre oncle n'est pas de trop, reprit-elle en laissant échapper un sourire. Je voulais m'agenouiller humblement devant mon époux en le suppliant d'accepter ma fortune. L'ambassade d'Autriche vient de m'envoyer un acte qui constate le décès de Firmiani. La pièce, dressée par les soins de l'internonce d'Autriche à Constantinople, est bien en règle, et le testament que gardait le valet de chambre pour me le rendre y est joint. Octave, vous pouvez tout accepter. – Va, tu es plus riche que moi, tu as là des trésors auxquels Dieu seul saurait ajouter, reprit-elle en frappant sur le cœur de son mari. Puis, ne pouvant soutenir son bonheur, elle se cacha la tête dans le sein d'Octave.

– Ma nièce, autrefois nous faisions l'amour, aujourd'hui vous aimez, dit l'oncle. Vous êtes tout ce qu'il y a de bon et de beau dans l'humanité ; car vous n'êtes jamais coupables de vos fautes, elles viennent toujours de nous.